瑞蘭國際

有趣的韓語發音

新版

依造字原理學韓語發音

金家絃　著

■ 머리말

　매번 한국어 첫 수업 시간에 학생들에게 하는 질문 중 하나는 한국어 공부를 시작한 이유입니다. 지난 몇 년간의 교학 경험으로 느낀 점은 언어 공부에 있어서 학습 동기만큼 중요한 것은 없다는 것입니다. 여러분이 한국어를 배우고자 하는 의욕이 강하다면 누구나 재미있게 한국어를 배울 수 있습니다.

　이제 한국어 공부를 하고자 하는 학습자들에게 필요한 것은 학생들을 재미있는 한국어 학습의 세계로 이끌 수 있는 지침서일 것입니다.

　모든 언어가 그렇듯 한국어 학습 또한 기본적인 발음과 문자를 배우는 것으로 시작합니다. 본 교재는 한국어를 처음 접하는 대만인 학습자가 보다 쉽게 한국어에 다가갈 수 있도록 대만의 주음부호와 국어의 로마자 표기법을 동시에 표기하여 한글 발음을 소개하고 있습니다. 한글 자모음을 배우는 순서 또한 문자 창제 원리를 기본으로 한글을 소개함으로써, 한글의 제자 구조를 이해할 수 있도록 설명했습니다.

　이 책은 워크북 형식으로 다양한 연습을 통해 한국어 발음에 친숙해질 수 있도록 구성되어 있습니다. 개개의 자모음 연습보다는 조합 연습에 중점을 두었고 모든 연습은 단음절을 시작으로 순차적으로 진행됩니다. 발음 교육의 최종 목표 또한 원활한 의사소통에 있기에 음절이나 단어뿐만 아니라 문장 연습을 통해 자연스러운 한국어 발음을 익힐 수 있도록 구성했습니다. 학습자는 듣고, 말하고, 읽고, 쓰는 종합적인 연습을 통해 보다 체계적으로 한국어 발음을 배울 수 있을 것입니다.

이 책이 나오는 데 누구보다 큰 도움을 주신 대만대학 어문중심 엄지형 선생님께 깊은 감사의 마음을 전합니다. 그리고 제 오랜 친구이자 동료인 대만사범대학 퇴광부 김가원 선생님, 동오대학 퇴광부 조예진 선생님께도 감사드립니다. 항상 가까이에서 많은 도움과 조언을 주시는 선생님들의 응원 덕분에 집필을 마칠 수 있었습니다.

무엇보다도 이제는 한국어에 익숙해져 더 이상은 이 발음 교재를 필요로 하지 않을 우리 학생들에게 진심으로 감사를 드립니다. 한국어 학습에 대한 학생들의 열정이 있었기에 미흡한 능력이나마 도움이 되고자 펜을 들 수 있었습니다.

모쪼록 이 책이 한국어 공부를 시작하신 분들께 작으나마 도움이 될 수 있기를 바랍니다.

2023년 11월
김가현

◾ 作者序

我常在每次教授韓語課程的第一堂課時，詢問學生們學習韓語的原因；幾年的教學經驗下來，我感覺到學習動機其實很重要。無論男女老幼，只要有很強烈的韓語學習動機，大多都能愉快地學習韓語。

而學習者們「決心要學好韓語」之後，會需要一套能夠有趣地引領他們度過學習韓語過程的指南。

就像學習其他語言一樣，韓語也是從發音及其文字開始學習。本書針對第一次接觸韓語的臺灣學習者，為了讓學習者更容易了解韓文，以「注音符號」和「韓國語的羅馬字表記法（文化觀光部2000年式）」來介紹韓語發音。而在韓語字母的學習順序上，並不是依照現今韓語母語者的學習方式，而是以韓文字的創制原理來介紹，讓學習者不需硬背，就能由造字原理來熟悉發音。

本書以「習作本」的形式，透過多樣的練習型式，讓學習者熟悉韓語發音。韓語的發音由子音與母音組合使用，本書重點集中在這些子音與母音的組合練習上，所有的練習均從單音節開始，一直到單字、句子、文章練習，循序漸進。而語言學習的最終目標是為了「溝通」，所以本書不只是偏重於音節及單字的發音練習而已，也試著透過短文讓學習者熟悉自然的發音過程。學習者在透過「聽、說、讀、寫」全方位的練習後，就能夠充份掌握韓語發音技巧。

最後，感謝臺灣大學語文中心嚴支亨老師、臺灣師範大學推廣部金佳圓老師、東吳大學推廣部趙叡珍老師，還有跟著我一起學習韓語很久的學生們，因為有這些老師與學生們的熱情支持與關心，才能讓我從提筆著作，一直至書籍付梓。

期盼本書對韓語學習者能有所幫助。

2023年11月

金家絃

如何使用本書

本書共分為「前言」、「正課」5課及「附錄」，依照學習「單母音及基本子音」→「複合母音及送氣音」→「複合母音及雙子音」→「收尾音」→「發音規則」的順序，扎實地逐步掌握韓語的基礎。

作者深知許多學習者苦於沒有一個能夠輕鬆又有趣地學習韓語發音的方法，為韓語初學者量身打造了7大學習步驟，只要跟著本書一步一腳印，不但能快樂又有效地學好韓語40音，還能同步累積單字、會話實力！

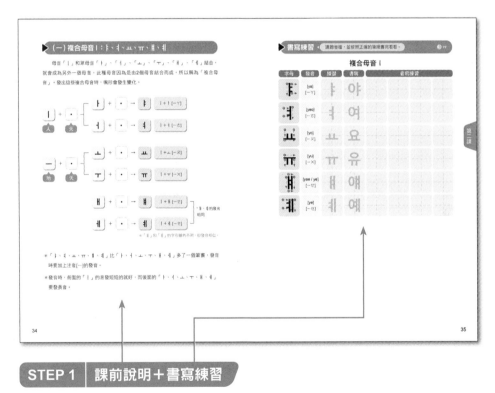

STEP 1　課前說明＋書寫練習

課前說明：包含字母分類、發音說明、發音嘴型圖或口腔圖等，以圖表及圖像輔助學習、記憶，就算只看說明，也能立刻說出一口道地的韓語。

書寫練習：標示出筆順，按照筆順描著灰色範例試寫，在空白格子內反覆練習，加深印象！

解答→P.85

STEP 2 組合練習

韓語的一個音節，需要子音加上母音二者組合，才能發出聲音。此部分將前面所學到的字母，統整成表格，讓學習者練習組合子音及母音，且輕鬆開口說出其音節！

▶ 組合練習 ◀ 請試著組合下列的子音和母音，並朗讀其音節。

5個基本子音＋複合母音 I

母音 子音	ㅑ [ya]	ㅕ [yeo]	ㅛ [yo]	ㅠ [yu]	ㅒ [yae / ye]	ㅖ [ye]
ㄱ [g / k]	갸					
ㄴ [n]		녀				
ㅁ [m]			묘			
ㅅ [s]				슈		셰
ㅇ [Ø]					얘	

STEP 3 聽聽看

在學完每一課之後，搭配音檔仔細聆聽，選出聽到的聲音。從聽出「音節」到選出「單字」，循序漸進、重複練習，亦累積字彙量，提升「聽」的能力！

▶ 練習 ◀

⌘ 聽聽看

練習 1 請聽音檔，並選出聽到的發音。 🔊 20

___ (1) ①아 ②야　　　　___ (2) ①어 ②여
___ (3) ①오 ②요　　　　___ (4) ①우 ②유
___ (5) ①에 ②예　　　　___ (6) ①오 ②유
___ (7) ①여 ②얘　　　　___ (8) ①야 ②여

練習 2 請聽音檔，並選出聽到的單字。 🔊 21

___ (1) ①야구 棒球 ②요구 要求　　　___ (2) ①여유 悠閒 ②여우 狐狸
___ (3) ①여가 休閒 ②요가 瑜珈　　　___ (4) ①여기 這裡 ②요기 這裡
___ (5) ①요리 烹飪 ②유리 玻璃　　　___ (6) ①얘기 講話 ②애기 嬰兒

STEP 4 發音練習

整理出每課所學之字母，並歸納出相似發音，跟著音檔大聲朗讀，在複誦的過程中修正自己的發音，反覆練習，不再被類似的發音混淆！

STEP 5 寫寫看

讓學習者往上、往外廣泛延伸學習各類單字，內容範圍囊括食物、水果、時間、地點、身體部位、動物、稱謂、日用品等。除了將大幅提升「寫」的能力，字彙量也絕對倍速擴充！

⌘ 發音練習

練習 1 請跟著音檔開口說看看，練習下列發音。 🔊 22

아	어	오	우	애	에
야	여	요	유	얘	예
야구 棒球	여우 狐狸	요리 烹飪	유아 幼兒	얘기 講話	예리 銳利
이야기 講話	여기 這裡	교수 教授	뉴스 新聞	개 那個孩子	기계 機器

⌘ 寫寫看

練習 1 請跟著音檔開口說看看，並練習寫寫看下列單字。 🔊 23

야구	여자
요가	교수
우유	메뉴
휴지	뉴스
얘기	시계

第二課

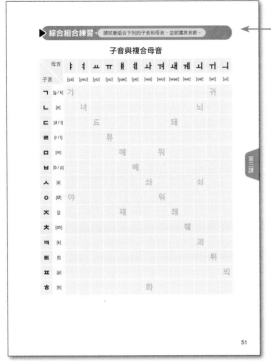

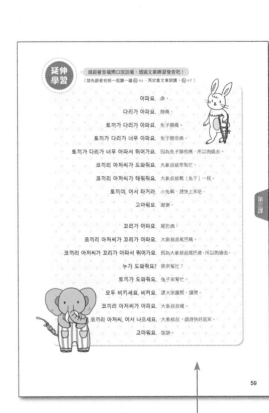

STEP 6 | 綜合組合練習

為「組合練習」的強化練習版，表格列出所有學過的字母，循序漸進式地累積字母學習量！

STEP 7 | 延伸練習

包含「生活常用句」、「有趣小故事」，皆是利用已經學過的單字所集結而成的文章，跟著音檔複誦，提升「說」的能力！

STEP 8 | 課堂活動

每一課最後的課堂活動，包含「填字賓果遊戲」、「聽寫」、「組合字」或是「歌曲欣賞」等，讓學習者能提升興趣，學習不枯燥！

目錄

前言
韓文簡介

第一課
單母音與平音（基本子音）

第二課
複合母音I與激音（送氣音）

附錄

如何掃描 QR Code 下載音檔

1. 以手機內建的相機或是掃描 QR Code 的 App 掃描封面的 QR Code。
2. 點選「雲端硬碟」的連結之後，進入音檔清單畫面，接著點選畫面右上角的「三個點」。
3. 點選「新增至『已加星號』專區」一欄，星星即會變成黃色或黑色，代表加入成功。
4. 開啟電腦，打開您的「雲端硬碟」網頁，點選左側欄位的「已加星號」。
5. 選擇該音檔資料夾，點滑鼠右鍵，選擇「下載」，即可將音檔存入電腦。

韓文簡介

學習內容

（一）世宗大王和韓文

（二）韓文的造字原理

（三）母音與子音

（四）韓文的音節結構

（一）世宗大王和韓文

朝鮮王朝第四代王世宗大王創制了韓文「한글」（Hangeul）。韓文源於《훈민정음》（訓民正音，1446年），在1894年首次被使用於官方文件上，從此亦成為了韓國的官方字母系統，也被稱為「한글」（Hangeul）。

在韓文創制之前，韓國使用的是中國漢字，但是由於平民百姓們無法書寫漢字表達自己的想法，於是世宗大王為了讓平民百姓也都能使用文字溝通，創制了容易書寫的韓文。

為了老百姓創制的簡易文字。

還有說明書《訓民正音解例本》喔！

ㄱㄴㅁㅅㅇ
ㅓㅗㅜㅡㅣ

ㄱ。牙音。如君字初發聲。並書。

使人人易習便於日用耳。

為此憫然。新制二十八字，欲

而終不得伸其情者多矣。予

不相流通。故愚民有所欲言。

國之語音。異乎中國。與文字

御製訓民正音

《訓民正音解例本》
解釋創制韓文（訓民正音）的理由和其使用方法

12

（二）韓文的造字原理

　　韓文以母音及子音構成，而母音會與子音結合形成一個音節。母音是根據「天、地、人」三才的觀念所創制；子音則是源自於嘴唇、舌頭、喉嚨與牙齒等發音器官的形狀。

1. 母音的造字原理：「三才」天（·）、地（一）、人（ㅣ）

太陽從東邊升起	太陽在西邊落下	太陽升起	太陽下山

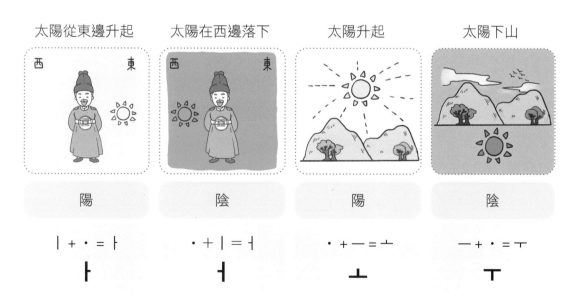

陽	陰	陽	陰
ㅣ + · = ㅏ	· + ㅣ = ㅓ	· + 一 = ㅗ	一 + · = ㅜ
ㅏ	ㅓ	ㅗ	ㅜ

2. 子音的造字原理：

模仿發音器官之形狀，創制了「ㄱ、ㄴ、ㅁ、ㅅ、ㅇ」這5個子音，在這5個基本子音中添加筆畫，就會形成另外一個子音，以此為基礎，創制了19個子音。

	牙音	舌音	唇音	齒音	喉音
說明	像是舌根塞住喉嚨的樣子	像是舌頭頂住上齦的樣子	像是嘴型的樣子	像是上下排牙齒的樣子	像是喉嚨的樣子
模仿之發音器官					
基本字	ㄱ	ㄴ	ㅁ	ㅅ	ㅇ
增加筆畫後的字	ㄱ ㅋ	ㄴ ㄷ ㅌ	ㅁ ㅂ ㅍ	ㅅ ㅈ ㅊ	ㅇ ㅎ

（三）母音與子音

| 母音（21） | 單母音（8）：ㅏ、ㅓ、ㅗ、ㅜ、ㅡ、ㅣ、ㅐ、ㅔ（ㅚ、ㅟ）＊ |
| | 複合母音（13）：ㅑ、ㅕ、ㅛ、ㅠ、ㅒ、ㅖ
ㅘ、ㅝ、ㅙ、ㅞ、ㅚ、ㅟ、ㅢ |

子音（19）	平音（基本子音）（10）：ㄱ、ㄴ、ㄷ、ㄹ、ㅁ ㅂ、ㅅ、ㅈ、ㅇ、ㅎ
	激音（送氣音）（4）：ㅋ、ㅌ、ㅍ、ㅊ
	硬音（雙子音）（5）：ㄲ、ㄸ、ㅃ、ㅆ、ㅉ

＊根據韓國的「標準發音法」，母音「ㅚ」和「ㅟ」屬於單母音，但在現代韓語中，其發音方式已經由單母音變成複合母音，尤其是年輕世代，已經把這二個母音發成複合母音。

　　韓文共有21個母音與19個子音，母音又分為單母音及複合母音。發音時，從頭到尾嘴型皆不變的稱為「單母音」，發單母音時需維持不變的嘴型；「複合母音」通常是結合2個單母音所發出的聲音，所以發音時嘴型或舌位會發生變化。

　　基本子音中「ㄱ、ㄷ、ㅂ、ㅅ、ㅈ」這5個基本子音左右寫二次就會變成雙子音（雙子音共5個），另外，子音也可根據發音時送氣的強弱，分為平音、激音及硬音。

　　母音可以單獨當成一個完整的字，母音的發音就是該母音的名稱，但子音無法單獨使用，一定要和母音結合才能成為一個字，因此可以將韓文與中文做比較，韓文的母音像中文的韻母，子音則像是聲母。

▶（四）韓文的音節結構

　　韓文由子音與母音組成一個音節，一個音節即代表一個字。一個字的組合方式有以下四種方法：通常會由3個子母音組成一個字，按照發聲順序位置稱作「初聲」、「中聲」、「終聲」。

（1）母音：母音單獨構成一個字。如 아、어、오、우、으、이

（2）子音（初聲）＋母音（中聲）：如 가、너、모、수、그、니

（3）母音（中聲）＋子音（終聲）：母音下面寫子音。如 악、언、옴、응、임

（4）子音（初聲）＋母音（中聲）＋子音（終聲）：如 간、넘、물、송、는、님

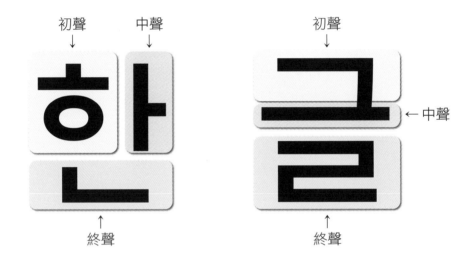

單母音與平音（基本子音）

學習內容

（一）單母音：ㅏ、ㅓ、ㅗ、ㅜ、ㅡ、ㅣ、ㅐ、ㅔ

（二）平音（基本子音）：ㄱ、ㄴ、ㄷ、ㄹ、ㅁ
ㅂ、ㅅ、ㅈ、ㅇ、ㅎ

母音可以單獨構成一個字，但書寫時需要和不發音的子音「ㅇ」組合在一起。每一個母音的名稱即為該母音的讀音。

⊞ 嘴型示意圖

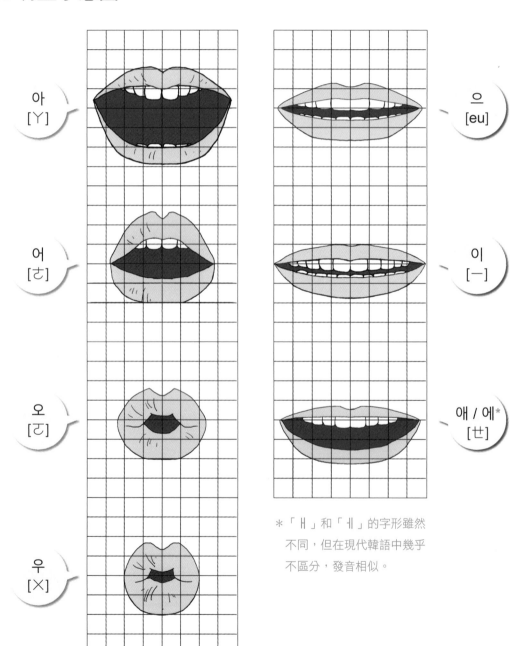

아
[ㄚ]

어
[ㄜ]

오
[ㄛ]

우
[ㄨ]

으
[eu]

이
[ㄧ]

애 / 에*
[ㄝ]

*「ㅐ」和「ㅔ」的字形雖然
不同，但在現代韓語中幾乎
不區分，發音相似。

⊞ 舌位示意圖

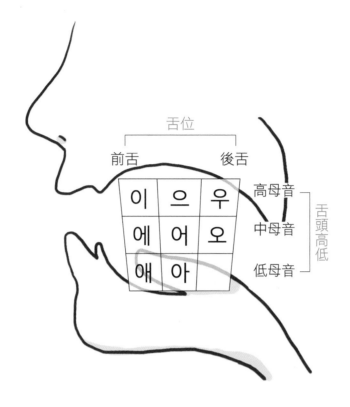

舌頭高低

高母音	發音時，嘴巴微張，此時舌頭位置會最接近上顎
中母音	發音時，嘴巴張開程度比高母音稍大，舌頭位置為上下顎之間
低母音	發音時，嘴巴張開程度最大，此時舌頭位置會最低，平放於下顎

單母音

字母	發音	練習	書寫	書寫練習			
ㅏ	[a] [ㄚ]	ㅏ	아				
ㅓ	[eo] [ㄛ]	ㅓ	어				
ㅗ	[≒o] [ㄛ]	ㅗ	오				
ㅜ	[u] [ㄨ]	ㅜ	우				
ㅡ	[eu]	ㅡ	으				
ㅣ	[i] [一]	ㅣ	이				
ㅐ	[ae / e] [ㄝ]	ㅐ	애				
ㅔ	[e] [ㄝ]	ㅔ	에				

＊不同的語言，發音當然不盡相同，本表所列出的注音符號及羅馬字表記法，與韓文並不是完全相同的，只是用類似的發音輔助說明及幫助學習記憶。

▶ 練習 解答→P.84

⊞ 聽聽看

練習1 請聽音檔,並選出聽到的發音。 ♪02

___ (1) ① 아 ② 어   ___ (2) ① 오 ② 우

___ (3) ① 으 ② 이   ___ (4) ① 어 ② 오

___ (5) ① 어 ② 우   ___ (6) ① 이 ② 애

___ (7) ① 아 ② 으   ___ (8) ① 에 ② 어

練習2 請聽音檔,並選出聽到的發音。 ♪03

___ (1) ① 어오 ② 어우   ___ (2) ① 으아 ② 으이

___ (3) ① 애에 ② 이에   ___ (4) ① 오어 ② 오우

___ (5) ① 오애 ② 우애   ___ (6) ① 아오 ② 아우

___ (7) ① 오이 ② 어이   ___ (8) ① 오어 ② 우어

⊞ 寫寫看

練習3 請跟著音檔開口說說看,並練習寫寫看下列單字。 ♪04

 아우

 오이

 아이

 에이

（二）平音（基本子音）：ㄱ、ㄴ、ㄷ、ㄹ、ㅁ、ㅂ、ㅅ、ㅈ、ㅇ、ㅎ

按照發音時送氣的強弱，韓文的子音可以分成三個種類：第一種是10個平音（基本子音）、第二種是4個激音（送氣音）、第三種是5個硬音（雙子音），共19個子音。每一個子音都是根據嘴唇、牙齒、舌頭或喉嚨等不同的發音器官位置，而發出不同的聲音。

在最基本的5個子音「ㄱ（牙音）」、「ㄴ（舌音）」、「ㅁ（唇音）」、「ㅅ（齒音）」、「ㅇ（喉音）」，再加上新的筆畫，就會形成另外一個子音。子音無法單獨發音，一定要和母音搭配使用，才能形成一個完整的音節。

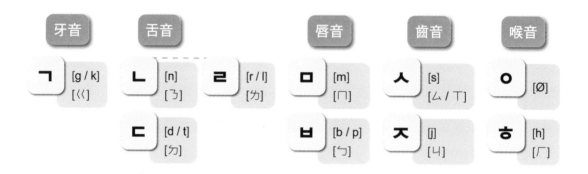

如上表，5個子音可以衍生出其他子音，增加筆畫就代表強調音，同一系列的子音會在相同位置發出聲音。

▶ 書寫練習 ◀ 請聽音檔，並按照正確的筆順書寫看看。

1. 牙音：

　　子音「ㄱ」的發音，接近注音符號「ㄍ」，其發音有時候類似英文「g」有時候類似英文「k」，聽起來像是介於「g」與「k」之間的音。

♪ 05

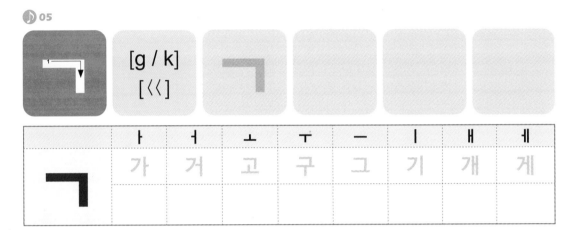

	ㅏ	ㅓ	ㅗ	ㅜ	ㅡ	ㅣ	ㅐ	ㅔ
ㄱ	가	거	고	구	그	기	개	게

2. 舌音：

　　子音「ㄴ」的發音，接近注音符號「ㄋ」，也類似英文「n」的發音。

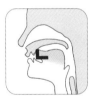

♪ 06

	ㅏ	ㅓ	ㅗ	ㅜ	ㅡ	ㅣ	ㅐ	ㅔ
ㄴ	나	너	노	누	느	니	내	네

子音「ㄷ」的發音，接近注音符號「ㄉ」，其發音有時候類似英文「d」有時候類似英文「t」，聽起來像是介於「d」與「t」之間的音。

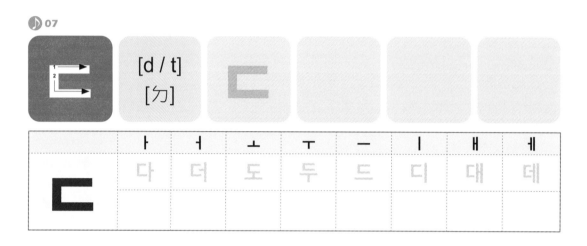

　　子音「ㄹ」的發音，接近注音符號「ㄌ」，也類似英文「r」或「l」的發音。

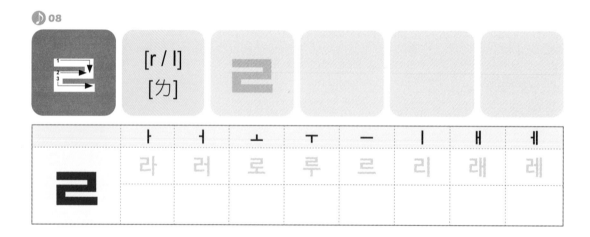

3. 唇音：

子音「ㅁ」的發音，接近注音符號「ㄇ」，也類似英文「m」的發音。

🎵 09

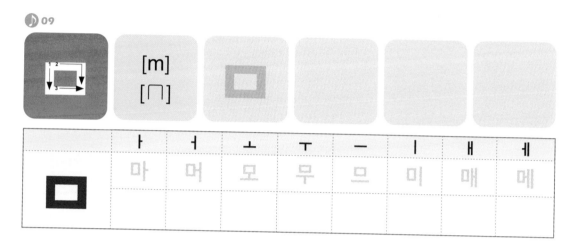

	ㅏ	ㅓ	ㅗ	ㅜ	ㅡ	ㅣ	ㅐ	ㅔ
ㅁ	마	머	모	무	므	미	매	메

子音「ㅂ」的發音，接近注音符號「ㄅ」，其發音有時候類似英文「b」有時候類似英文「p」，聽起來像是介於「b」與「p」之間的音。

🎵 10

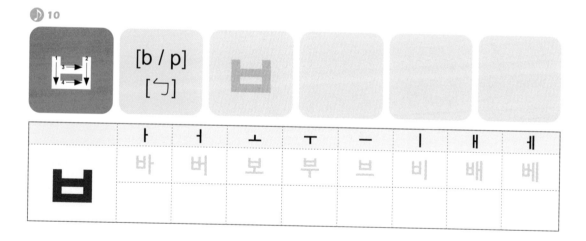

	ㅏ	ㅓ	ㅗ	ㅜ	ㅡ	ㅣ	ㅐ	ㅔ
ㅂ	바	버	보	부	브	비	배	베

4. 齒音：

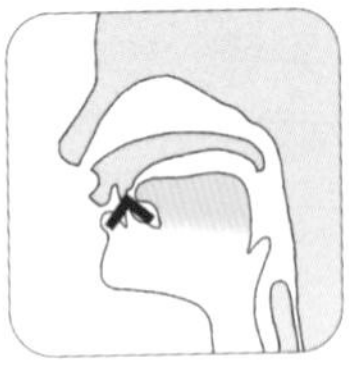

子音「ㅅ」的發音，接近注音符號「ㄙ」，也類似英文「s」的發音，但「ㅅ」後面的音節若為母音「ㅣ」時，其發音會較接近注音「ㄒ」。

♪11

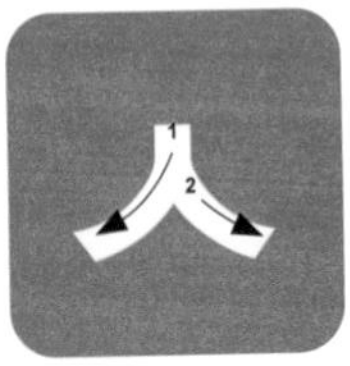

[s]
[ㄙ / ㄒ]

ㅅ

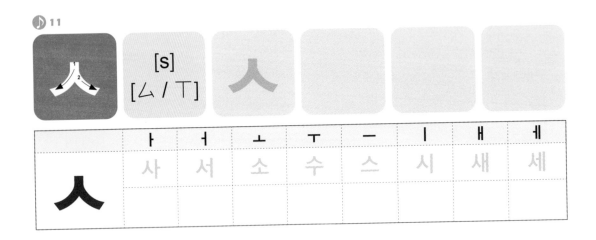

	ㅏ	ㅓ	ㅗ	ㅜ	ㅡ	ㅣ	ㅐ	ㅔ
ㅅ	사	서	소	수	스	시	새	세

子音「ㅈ」的發音，接近注音符號「ㄐ」，但其發音有時候類似「ㄐ」有時候會類似「ㄑ」，聽起來像是介於「ㄐ」與「ㄑ」之間的音，也類似英文「j」的發音。

♪12

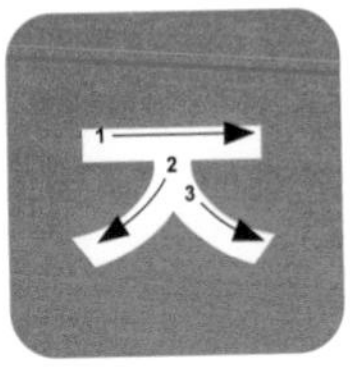

[j]
[ㄐ]

ㅈ

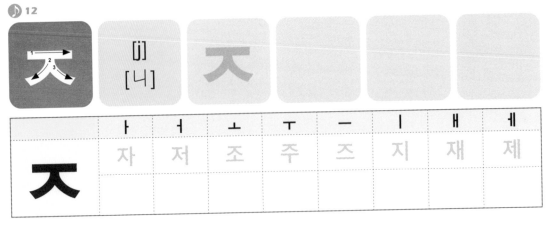

	ㅏ	ㅓ	ㅗ	ㅜ	ㅡ	ㅣ	ㅐ	ㅔ
ㅈ	자	저	조	주	즈	지	재	제

＊此子音還有另一種寫法是「ス」，這種字常見於手寫字體，而上面的寫法屬於印刷體。

5. 喉音：

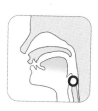

　　子音「ㅇ」的形狀，是模仿喉嚨的樣子，為打開嘴巴自然發出來的聲音，所以通常會放在母音前面，表示無聲音。雖然表示不發音，但當作收尾音時，會發類似英文「ng」的發音。

♪ 13

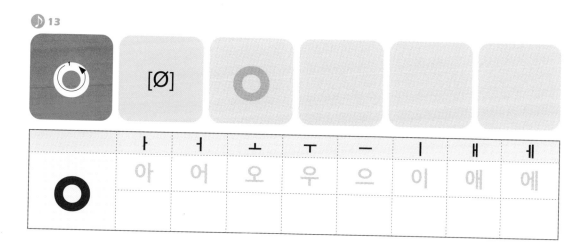

ㅇ	ㅏ	ㅓ	ㅗ	ㅜ	ㅡ	ㅣ	ㅐ	ㅔ
	아	어	오	우	으	이	애	에

　　子音「ㅎ」的發音，接近注音符號「ㄏ」，也類似英文「h」的發音。

♪ 14

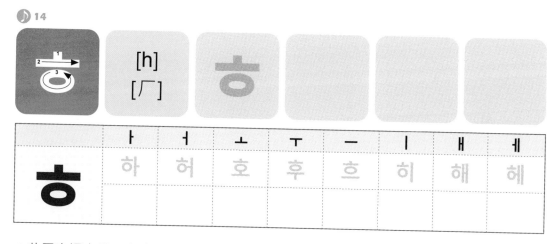

ㅎ	ㅏ	ㅓ	ㅗ	ㅜ	ㅡ	ㅣ	ㅐ	ㅔ
	하	허	호	후	흐	히	해	헤

＊此子音還有另一種寫法是「ㅎ」，這種字常見於手寫字體，而上面的寫法屬於印刷體。

平音（基本子音）＋單母音

子音 ＼ 母音		ㅏ	ㅓ	ㅗ	ㅜ	ㅡ	ㅣ	ㅐ	ㅔ
		[a]	[eo]	[o]	[u]	[eu]	[i]	[ae / e]	[e]
ㄱ	[g / k]	가							
ㄴ	[n]		너						
ㄷ	[d / t]			도					
ㄹ	[r / l]				루				
ㅁ	[m]					므			
ㅂ	[b / p]						비		
ㅅ	[s]							새	
ㅈ	[j]								제
ㅇ	[Ø]							애	
ㅎ	[h]						히		

▶ 練習 ◀ 解答→P.84

⊞ 聽聽看

練習1 請聽音檔，並選出聽到的發音。 ♪ 15

___（1）① 고　② 구　　　　___（2）① 너　② 노

___（3）① 다　② 더　　　　___（4）① 로　② 러

___（5）① 무　② 부　　　　___（6）① 대　② 래

___（7）① 시　② 지　　　　___（8）① 소　② 서

___（9）① 부　② 버　　　　___（10）① 호　② 후

___（11）① 조　② 저　　　　___（12）① 새　② 해

練習2 請聽音檔，並選出聽到的單字。 ♪ 16

___（1）（肉）　　① 고기　　② 거기　　③ 구기

___（2）（地圖）　① 지두　　② 지더　　③ 지도

___（3）（母親）　① 아머니　② 어머나　③ 어머니

___（4）（歌手）　① 가수　　② 고수　　③ 거수

___（5）（皮鞋）　① 거두　　② 고두　　③ 구두

___（6）（頭）　　① 머리　　② 모리　　③ 무리

___（7）（帽子）　① 머자　　② 모자　　③ 무자

___（8）（腿）　　① 다리　　② 도리　　③ 더리

___（9）（肥皂）　① 비노　　② 비누　　③ 비너

___（10）（父母）　① 보모　　② 부모　　③ 부머

___（11）（歌）　　① 너래　　② 노래　　③ 누래

___（12）（下午）　① 오호　　② 오후　　③ 어후

第一課

⌗ 寫寫看

練習 3 請跟著音檔開口說說看，並練習寫寫看下列單字。 🎵 17

ㄱ	가게 商店	구두 皮鞋	가수 歌手	거미 蜘蛛
ㄴ	나무 樹	누구 誰	그네 鞦韆	누나 姊姊
ㄷ	다리 腿	도시 都市	드라마 電視劇	다리미 熨斗
ㄹ	아래 下	나라 國家	노래 歌	도로 道路
ㅁ	머리 頭	모자 帽子	고구마 地瓜	매미 蟬
ㅂ	바지 褲子	비누 肥皂	부모 父母	바다 海
ㅅ	사자 獅子	시소 蹺蹺板	새 鳥	소리 聲音
ㅈ	지도 地圖	어제 昨天	주사 打針	아버지 父親
ㅇ	오이 小黃瓜	아기 嬰兒	우리 我們	어머니 母親
ㅎ	하마 河馬	허리 腰	하루 一天	하나 一個

1. 填字賓果遊戲

① 首先將左下表格中的25個單字，隨意填寫到右下空白的格子裡。

② 仔細聽同學的發音，並圈選出對應的單字。

③ 在橫、豎或是對角線方向，首先連出3條線的人獲勝！

가게	구두	누구	누나	드라마
두부	아래	나라	노래	도로
고구마	바지	부모	사자	가수
소리	지도	어제	주사	아버지
우리	어머니	허리	하루	오후

2. 聽寫  18

請聽音檔，並寫出聽到的單字。

（1）母親

（2）父親

（3）父母

（4）歌手

（5）地圖

（6）一天

複合母音I與激音（送氣音）

▶ （一）複合母音ㅣ：ㅑ、ㅕ、ㅛ、ㅠ、ㅐ、ㅖ

　　母音「ㅣ」和單母音「ㅏ」、「ㅓ」、「ㅗ」、「ㅜ」、「ㅐ」、「ㅔ」結合，就會成為另外一個母音，此種母音因為是由2個母音結合而成，所以稱為「複合母音」。發出這些複合母音時，嘴型會發生變化。

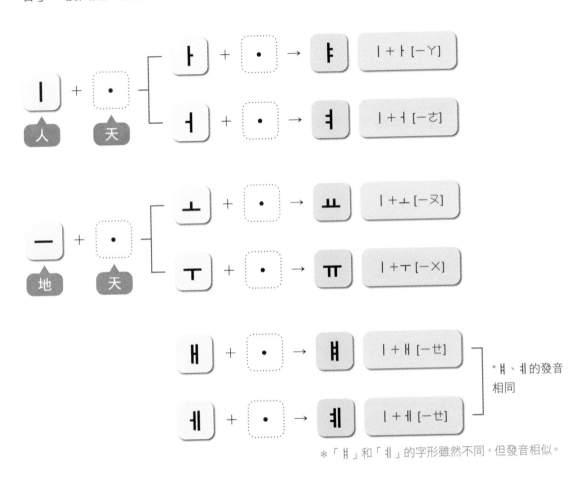

＊「ㅐ」和「ㅖ」的字形雖然不同，但發音相似。

＊「ㅑ、ㅕ、ㅛ、ㅠ、ㅐ、ㅖ」比「ㅏ、ㅓ、ㅗ、ㅜ、ㅐ、ㅔ」多了一個筆畫，發音時要加上注音[一]的發音。

＊發音時，前面的「ㅣ」的音發短短的就好，而後面的「ㅏ、ㅓ、ㅗ、ㅜ、ㅐ、ㅔ」要發長音。

34

複合母音 I

字母	發音	練習	書寫	書寫練習			
ㅑ	[ya] [一ㄚ]	ㅑ	야				
ㅕ	[yeo] [一ㄛ]	ㅕ	여				
ㅛ	[yo] [一ㄡ]	ㅛ	요				
ㅠ	[yu] [一ㄨ]	ㅠ	유				
ㅒ	[yae / ye] [一ㄝ]	ㅒ	애				
ㅖ	[ye] [一ㄝ]	ㅖ	예				

第二課

5個基本子音＋複合母音Ⅰ

子音 \ 母音		ㅑ [ya]	ㅕ [yeo]	ㅛ [yo]	ㅠ [yu]	ㅒ [yae / ye]	ㅖ [ye]
ㄱ	[g / k]	갸					
ㄴ	[n]		녀				
ㅁ	[m]			묘			
ㅅ	[s]				슈		셰
ㅇ	[Ø]					얘	

練習 解答→P.85

⊞ 聽聽看

練習1 請聽音檔，並選出聽到的發音。 ♪20

___ （1）① 아 ② 야   ___ （2）① 어 ② 여

___ （3）① 오 ② 요   ___ （4）① 우 ② 유

___ （5）① 에 ② 예   ___ （6）① 요 ② 유

___ （7）① 애 ② 얘   ___ （8）① 야 ② 여

練習2 請聽音檔，並選出聽到的單字。 ♪21

___ （1）① 야구 棒球 ② 요구 要求   ___ （2）① 여유 悠閒 ② 여우 狐狸

___ （3）① 여가 休閒 ② 요가 瑜珈   ___ （4）① 여기 這裡 ② 요기 這裡

___ （5）① 요리 烹飪 ② 유리 玻璃   ___ （6）① 얘기 講話 ② 애기 嬰兒

⌘ 發音練習

練習 3 請跟著音檔開口說說看，練習下列發音。 ♪ 22

아	어	오	우	애	에
야	여	요	유	얘	예
야구 棒球	여우 狐狸	요리 烹飪	유아 幼兒	얘기 講話	예리 銳利
이야기 講話	여기 這裡	교수 教授	뉴스 新聞	걔 那個孩子	기계 機器

⌘ 寫寫看

練習 4 請跟著音檔開口說說看，並練習寫寫看下列單字。 ♪ 23

 야구

 여자

 요가

 교수

 우유

 메뉴

 휴지

 뉴스

 얘기

 시계

▶ （二）激音（送氣音）：ㅋ、ㅌ、ㅍ、ㅊ

　　激音（送氣音）「ㅋ」、「ㅌ」、「ㅍ」、「ㅊ」比平音（基本子音）「ㄱ」、「ㄷ」、「ㅂ」、「ㅈ」多一個筆畫，代表在發音的時候，要有比平音更用力地發出氣聲的感覺。平音「ㄱ」、「ㄷ」、「ㅂ」、「ㅈ」發音時，只會吐出微氣，相對地激音「ㅋ」、「ㅌ」、「ㅍ」、「ㅊ」發音時，需要用力地送氣。

　　激音「ㅋ」、「ㅌ」、「ㅍ」、「ㅊ」的發音和注音符號「ㄎ」、「ㄊ」、「ㄆ」、「ㄘ」類似，但發音時會更用力，並噴出大量的空氣。

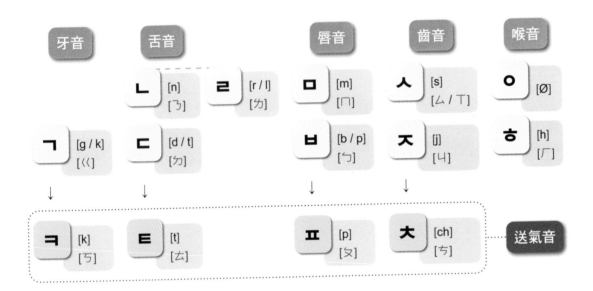

　★請拿一張衛生紙，測試看看發音強度是否正確！

　　首先將衛生紙舉起，擺放在靠近嘴巴前面的位置，並試著發出「바」音和「파」音。發「바」音時，要使衛生紙稍微擺動；但發「파」音時，要使衛生紙向前大幅擺動。

1. 牙音：

子音「ㅋ」的發音，接近注音符號「ㄎ」，也類似英文「k」的發音。

♪24

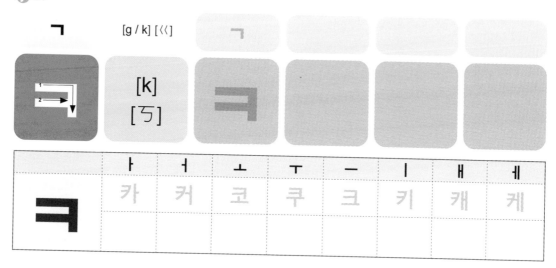

ㅋ	ㅏ	ㅓ	ㅗ	ㅜ	ㅡ	ㅣ	ㅐ	ㅔ
	카	커	코	쿠	크	키	캐	케

2. 舌音：

子音「ㅌ」的發音，接近注音符號「ㄊ」，也類似英文「t」的發音。

♪25

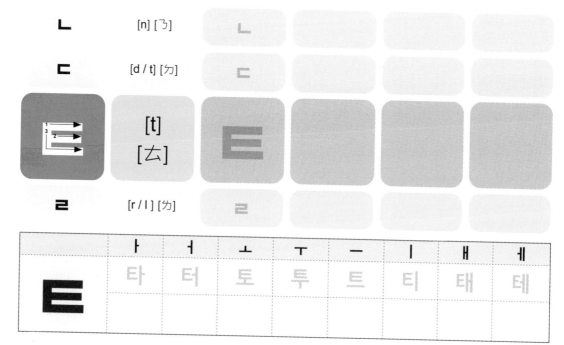

ㅌ	ㅏ	ㅓ	ㅗ	ㅜ	ㅡ	ㅣ	ㅐ	ㅔ
	타	터	토	투	트	티	태	테

第二課

3. 唇音：

子音「ㅍ」的發音，接近注音符號「ㄆ」，也類似英文「p」的發音。

♪ 26

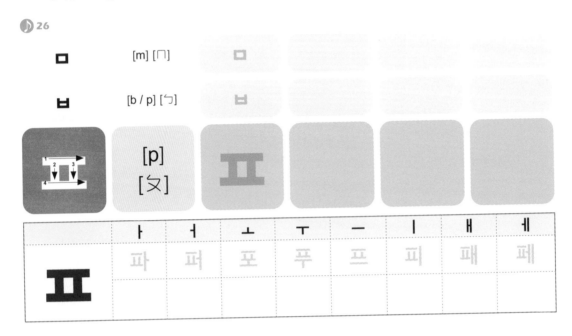

4. 齒音：

子音「ㅊ」的發音，接近注音符號「ㄘ」，也類似英文「ch」的發音。

♪ 27

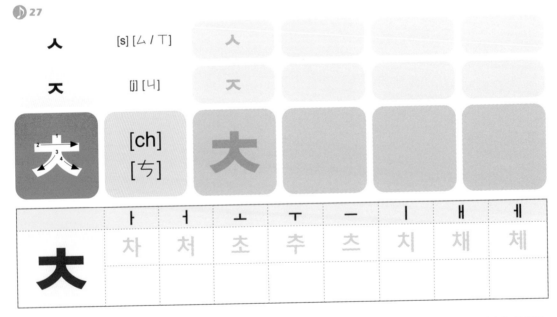

＊此子音還有另一種寫法是「ㅊ」，這種字常見於手寫字體，而上面的寫法屬於印刷體。

▶ **組合練習** ◀ 請試著組合下列的子音和母音，並朗讀其音節。

激音（送氣音）＋單母音

子音 ＼ 母音		ㅏ	ㅓ	ㅗ	ㅜ	ㅡ	ㅣ	ㅐ	ㅔ
		[a]	[eo]	[o]	[u]	[eu]	[i]	[ae / e]	[e]
ㅋ	[k]	카						캐	
ㅌ	[t]		터				티		테
ㅍ	[p]			포		프			
ㅊ	[ch]				추				

▶ **練習** ◀ 解答→P.85

⊞ 聽聽看

練習 **1** 請聽音檔，並選出聽到的發音。 ♪28

___（1）① 가　② 카　　　　　___（2）① 코　② 초

___（3）① 바　② 파　　　　　___（4）① 도　② 토

___（5）① 거　② 커　　　　　___（6）① 지　② 치

練習 **2** 請聽音檔，並選出聽到的單字。 ♪29

___（1）（咖啡）　① 거피　　② 커피　　③ 카피

___（2）（火車）　① 키차　　② 기자　　③ 기차

___（3）（停車）　① 조차　　② 주차　　③ 추차

___（4）（派對）　① 파티　　② 파리　　③ 바티

___（5）（裙子）　① 지마　　② 치마　　③ 키마

___ （6）（豆腐） ① 두부　　② 투부　　③ 두푸

___ （7）（蛋糕） ① 게이크　　② 케이크　　③ 체이크

___ （8）（冰紅茶）① 아이스치　　② 아이스키　　③ 아이스티

⌘ 寫寫看

練習3 請跟著音檔開口說說看，並練習寫寫看下列單字。 ♪30

ㅋ	코피 鼻血	카드 卡片	스키 滑雪	카메라 照相機
ㅌ	기타 吉他	타조 鴕鳥	스타 明星	도토리 橡果
ㅍ	포도 葡萄	피자 披薩	피아노 鋼琴	우표 郵票
ㅊ	기차 火車	치마 裙子	배추 白菜	부채 扇子

커피

코피

綜合組合練習 請試著組合下列的子音和母音，並朗讀其音節。

子音與單母音

子音 \ 母音		ㅏ [a]	ㅓ [eo]	ㅗ [o]	ㅜ [u]	ㅡ [eu]	ㅣ [i]	ㅐ [ae / e]	ㅔ [e]
ㄱ	[g / k]	가							
ㄴ	[n]		너						
ㄷ	[d / t]			도					
ㄹ	[r / l]				루				
ㅁ	[m]					므			
ㅂ	[b / p]						비		
ㅅ	[s]							새	
ㅇ	[∅]								에
ㅈ	[j]							재	
ㅊ	[ch]						치		
ㅋ	[k]					크			
ㅌ	[t]				투				
ㅍ	[p]			포					
ㅎ	[h]		허						

1. 試試看，組合字

請試著組合下表中的子音與母音，並朗讀給同學們聽！

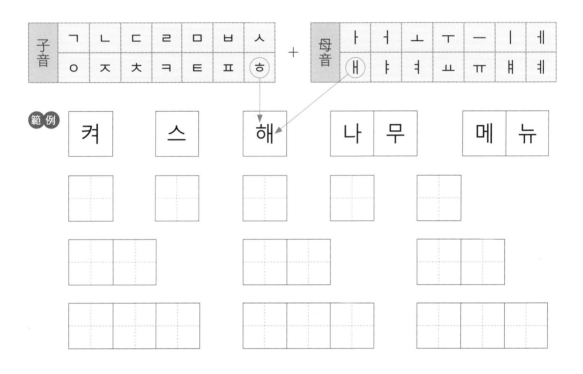

範例

켜　스　해　나무　메뉴

2. 聽寫 ♪31

請聽音檔，並寫出聽到的單字。

（1）咖啡

（2）女子

（3）明星

（4）停車

（5）烹飪

（6）郵票

（7）葡萄

（8）豆腐

第三課

複合母音II與硬音（雙子音）

學習內容

（一）複合母音II：ㅘ、ㅝ、ㅙ、ㅞ、ㅚ、ㅟ、ㅢ

（二）硬音（雙子音）：ㄲ、ㄸ、ㅃ、ㅆ、ㅉ

（一）複合母音Ⅱ：ㅘ、ㅝ、ㅙ、ㅞ、ㅚ、ㅟ、ㅢ

　　母音「ㅗ」、「ㅜ」，和其他母音「ㅏ」、「ㅓ」、「ㅐ」、「ㅔ」、「ㅣ」結合，而成為另外一個母音，此種母音因為是由二個母音結合發音而成，所以稱為「複合母音」。發出這些複合母音時，嘴型會發生變化。

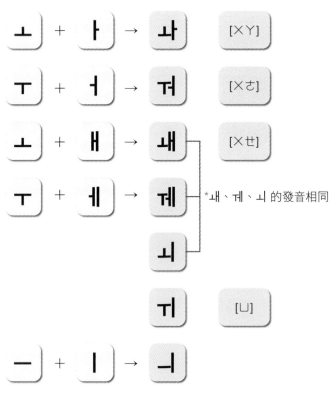

*「ㅙ」、「ㅞ」、「ㅚ」的字形雖然不同，但發音相似

★「ㅢ」有三種唸法（在不同的位置，會有不同的發音）

♪32

① 의 [ui]：의出現在單字的第一個音節時，發의 [ui]的音

　　의사 [의사]（醫生）　　의자 [의자]（椅子）　　의무 [의무]（義務）

② 이 [i / ㅡ]：ㅢ出現在單字的第二個音節，或是ㅢ前面連結子音時，發이 [i]的音

　　회의 [회이]（會議）　　무늬 [무니]（紋路）

③ 에 [e / ㅔ]：의當所有格使用，有「～的」的意思時，發에 [e]的音

　　우리의 [우리에]（我們的）　　　어머니의 [어머니에]（母親的）

　　아버지의 [아버지에]（父親的）

複合母音 II

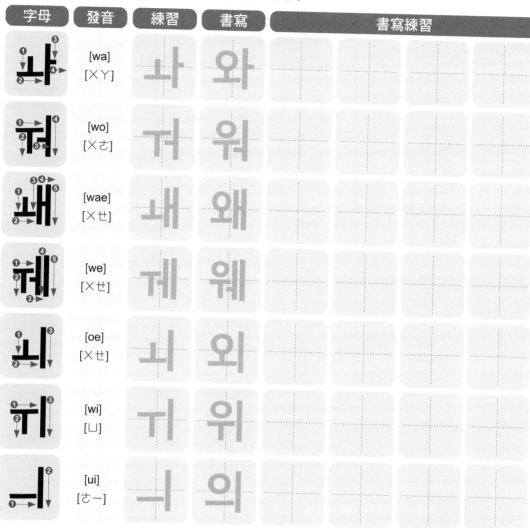

字母	發音	練習	書寫	書寫練習
과	[wa] [ㄨㄚ]	과	와	
궈	[wo] [ㄨㄛ]	ㅓ	워	
ㅙ	[wae] [ㄨㄝ]	ㅙ	왜	
ㅞ	[we] [ㄨㄝ]	ㅖ	웨	
ㅚ	[oe] [ㄨㄝ]	ㅚ	외	
ㅟ	[wi] [ㄩ]	ㅓ	위	
ㅢ	[ui] [ㄜ一]	ㅡ	의	

第三課

47

5個基本子音＋複合母音Ⅱ

母音 子音		ㅘ [wa]	ㅝ [wo]	ㅙ [wae]	ㅞ [we]	ㅚ [oe]	ㅟ [wi]	ㅢ [ui]
ㄱ	[g / k]	과						
ㄴ	[n]		눠					
ㅁ	[m]			뫠				믜
ㅅ	[s]				쉐		쉬	
ㅇ	[Ø]					외		

當二個母音組合成複合母音時，只有「陽性母音和陽性母音」、「陰性母音和陰性母音」可以互相結合。例如：

ㅗ＋ㅏ → ㅘ（〇）

ㅜ＋ㅓ → ㅝ（〇）

ㅗ＋ㅓ → ㅝ（Ｘ）

ㅜ＋ㅏ → ㅘ（Ｘ）

＊關於「陽性母音」及「陰性母音」之說明，請參考P13。

⊞ 聽聽看

練習1 請聽音檔，並選出聽到的發音。 ♪34

____（1）① 오애　② 왜　　　　____（2）① 우에　② 웨

____（3）① 오아　② 와　　　　____（4）① 우어　② 워

____（5）① 의　　② 위　　　　____（6）① 왜　　② 와

____（7）① 웨　　② 워　　　　____（8）① 와　　② 워

練習2 請聽音檔，並選出聽到的單字。 ♪35

____（1）① 도와요 幫忙　　　② 더워요 熱

____（2）① 가자 去吧　　　　② 과자 餅乾

____（3）① 외워요 背誦　　　② 왜와요 為什麼來

____（4）① 쥐 老鼠　　　　　② 죄 罪

____（5）① 교회 教會　　　　② 교외 郊外

____（6）① 이사 搬家　　　　② 의사 醫生

⊞ 發音練習

練習3 請跟著音檔開口說說看，練習下列發音。 ♪36

오아	우어	오애	우에			으이
와	워	왜	웨	외	위	의
도와요 幫忙	매워요 辣	왜요 為什麼	스웨터 毛衣	과외 家教	바위 岩石	의사 醫生
봐요 看	뭐해요 做什麼	돼요 可以	궤도 軌道	무도회 舞會	취소 取消	주의 注意

第二課

49

田 寫寫看

練習 4 請跟著音檔開口說說看,並練習寫寫看下列單字。 ♪37

과자

사과

더워요

추워요

왜요

돼지

웨이터

스웨터

쇠고기

회사

가위

바퀴

의자

회의

子音與複合母音

母音 子音	ㅑ [ya]	ㅕ [yeo]	ㅛ [yo]	ㅠ [yu]	ㅒ [yae]	ㅖ [ye]	ㅘ [wa]	ㅝ [wo]	ㅙ [wae]	ㅞ [we]	ㅚ [oe]	ㅟ [wi]	ㅢ [ui]
ㄱ [g / k]	갸											귀	
ㄴ [n]		녀									뇌		
ㄷ [d / t]			됴						돼				
ㄹ [r / l]				류									
ㅁ [m]					먜			뭐					
ㅂ [b / p]						볘							
ㅅ [s]							솨				쇠		
ㅇ [∅]	야							워					
ㅈ [j]					쟤				좨				
ㅊ [ch]										췌			
ㅋ [k]											쾨		
ㅌ [t]												튀	
ㅍ [p]													픠
ㅎ [h]							화						

請跟著音檔開口說說看，透過生活常用句練習發音吧！

1. 네. 是。

2. 아니요. 不是。

3. 저기요. 那裡。（在餐廳、商店叫服務人員或叫陌生人時用語）

4. 여기요. 這裡。（在餐廳、商店叫服務人員或叫陌生人時用語）

5. 어서 오세요. 歡迎光臨。

6. 이거 주세요. 請給我這個。

7. 기다리세요. 請等一下。

8. 고마워요. 謝謝。

9. 여보세요? 喂？（接電話時用語）

10. 뭐 해요? 做什麼？

11. 어디에 가요? 去哪裡？

12. 왜요? 為什麼？

어서 오세요.

歡迎光臨。

（二）硬音（雙子音）：ㄲ、ㄸ、ㅃ、ㅆ、ㅉ

　　5個雙子音的發音，都有一個爆破音（空氣通過幾乎閉合的聲帶時，經由聲帶的震動所產生的聲音）。

　　雙子音的形成方式，是重複2個基本子音。雙子音與基本子音的發音位置相同，但由於重覆了二次子音，聲音也要更緊一些，以緊音來發音。

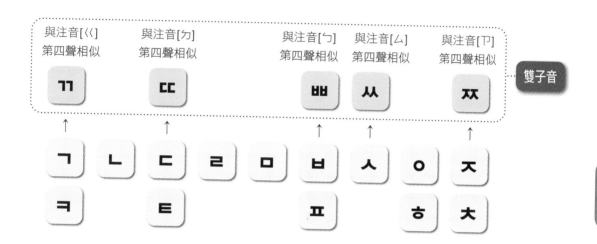

　　韓語的子音按送氣的強度，分為「硬音」、「平音」、「激音」。其中硬音以無送氣的方式發音，與中文的第四聲相似。

一樣的子音寫
二次就好！
ㄱ → ㄲ

硬音（雙子音）

ㄲ	[kk] [ㄍˋ]	ㄲ			
ㄸ	[tt] [ㄉˋ]	ㄸ			
ㅃ	[pp] [ㄅˋ]	ㅃ			
ㅆ	[ss] [ㄙˋ]	ㅆ			
ㅉ	[jj] [ㄗˋ]	ㅉ			

▶ **組合練習** ◀ 請聽音檔，試著組合下列的子音和母音，並跟著朗讀其音節。 ♪40

硬音（雙子音）＋單母音

子音 ＼ 母音		ㅏ	ㅓ	ㅗ	ㅜ	ㅡ	ㅣ	ㅐ	ㅔ
		[a]	[eo]	[o]	[u]	[eu]	[i]	[ae / e]	[e]
ㄲ	[kk]	까							
ㄸ	[tt]		떠						떼
ㅃ	[pp]			뽀				빼	
ㅆ	[ss]				쑤		씨		
ㅉ	[jj]					쯔			

▶ **練習** ◀ 解答→P.86

⊞ 聽聽看

練習1 請聽音檔，並選出聽到的發音。 ♪41

＿＿（1）① 꺼 ② 거

＿＿（2）① 띠 ② 디

＿＿（3）① 빠 ② 바

＿＿（4）① 사 ② 싸

＿＿（5）① 짜 ② 자

＿＿（6）① 찌 ② 치

＿＿（7）① 빠 ② 파

＿＿（8）① 또 ② 토

練習2 請聽音檔，並選出聽到的單字。 ♪42

____（1）（兔子）　　①도끼　　②토키　　③토끼

____（2）（小孩）　　①고마　　②꼬마　　③코마

____（3）（再、又）　①또　　　②도　　　③토

____（4）（大象）　　①코기리　②코끼리　③꼬끼리

____（5）（哥哥）　　①아빠　　②오빠　　③오파

____（6）（忙）　　　①바빠요　②바파요　③빠바요

____（7）（大叔）　　①아저시　②아저씨　③아저치

____（8）（踢）　　　①짜요　　②자요　　③차요

★硬音／平音／激音練習 ♪43

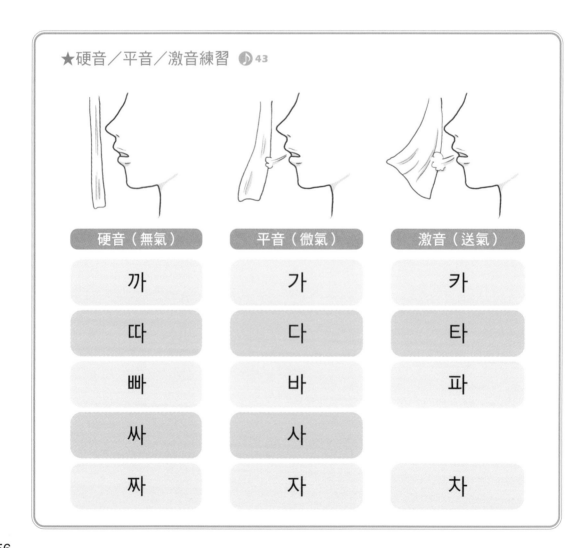

硬音（無氣）	平音（微氣）	激音（送氣）
까	가	카
따	다	타
빠	바	파
싸	사	
짜	자	차

⌗ 發音練習

練習 3 請跟著音檔開口說說看，練習下列發音。 ♪ 44

ㄲ	까	꺼	끼	꺼요 關	꼬마 小孩	꼬리 尾巴
ㄱ	가	거	기	가요 去	가게 商店	가사 歌詞
ㅋ	카	커	키	커요 大	커피 咖啡	코끼리 大象
ㄸ	따	떠	띠	떠요 漂浮	따로 分開	또 再、又
ㄷ	다	더	디	더워요 熱	다리 腿	드라마 電視劇
ㅌ	타	터	티	타요 搭乘	타로 塔羅牌	토끼 兔子
ㅃ	빠	뻐	삐	바빠요 忙	뽀로로 Pororo[1]	오빠 哥哥
ㅂ	바	버	비	봐요 看	비누 肥皂	비스트 BEAST[2]
ㅍ	파	퍼	피	아파요 痛	피아노 鋼琴	배고파요 餓
ㅆ	싸	써	씨	싸요 便宜	미쓰에이 miss A[3]	씨스타 SISTAR[4]
ㅅ	사	서	시	사요 買	소녀시대 少女時代[5]	샤이니 SHINee[6]
ㅉ	짜	쩌	찌	짜요 鹹	찌세요 請蒸	찌개 湯
ㅈ	자	저	지	자요 睡	지세요 請背	지게 背架
ㅊ	차	처	치	차요 踢	치세요 請打	치마 裙子

＊1. 韓國卡通人物　＊2. 韓國男子團體　＊3. 韓國女子團體
＊4. 韓國女子團體　＊5. 韓國女子團體　＊6. 韓國男子團體

第三課

⌘ 寫寫看

練習 4 請跟著音檔開口說說看，並練習寫寫看下列單字。 ♪ 45

ㄲ	**토끼** 兔子	**어깨** 肩膀	**코끼리** 大象	**꼬마** 小孩
ㄸ	**이따가** 稍後	**따로** 分開	**어때요** 怎麼樣	**또** 再、又
ㅃ	**아빠** 爸爸	**뽀뽀** 親親	**바빠요** 忙	**예뻐요** 漂亮
ㅆ	**쓰레기** 垃圾	**아가씨** 小姐	**비싸요** 貴	**아저씨** 大叔
ㅉ	**찌개** 湯	**짜요** 鹹	**찌다** 蒸	**쪼리** 夾腳拖

請跟著音檔開口說說看，透過文章練習發音吧！

（請先跟著老師一起讀一遍 🎵 46，再欣賞文章朗讀。🎵 47）

아파요.	痛。
다리가 아파요.	腳痛。
토끼가 다리가 아파요.	兔子腳痛。
토끼가 다리가 너무 아파요.	兔子腳很痛。
토끼가 다리가 너무 아파서 뛰어가요.	因為兔子腳很痛，所以跑過去。
코끼리 아저씨가 도와줘요.	大象叔叔來幫忙。
코끼리 아저씨가 태워줘요.	大象叔叔載（兔子）一程。
토끼야, 어서 타거라.	小兔啊，趕快上來吧。
고마워요.	謝謝。
꼬리가 아파요.	尾巴痛。
코끼리 아저씨가 꼬리가 아파요.	大象叔叔尾巴痛。
코끼리 아저씨가 꼬리가 아파서 뛰어가요.	因為大象叔叔尾巴痛，所以跑過去。
누가 도와줘요?	誰來幫忙？
토끼가 도와줘요.	兔子來幫忙。
모두 비키세요, 비켜요.	請大家讓開，讓開。
코끼리 아저씨가 아파요.	大象叔叔痛。
코끼리 아저씨, 어서 나으세요.	大象叔叔，請趕快好起來。
고마워요.	謝謝。

課堂活動

1. 遊戲

　　請朗讀卡片上的發音，給下一位同學聽，並由最後一位同學在白板上寫出聽到的
單字。

2. 填字賓果遊戲

① 首先將左下表格中的16個單字，隨意填寫到右下空白的格子裡。

② 仔細聽同學的發音，並圈選出對應的單字。

③ 在橫、豎或是對角線方向，首先連出3條線的人獲勝！

토끼	어깨	코끼리	어때요
아빠	오빠	바빠요	예뻐요
쓰레기	비싸요	아저씨	찌개
자요	배고파	도끼	차요

收尾音（終聲）

學習內容

（一）7個收尾音（終聲）：ㄴ、ㅁ、ㅇ、ㄹ、

ㄱ、ㄷ、ㅂ

（二）複合子音：ㄳ、ㄵ、ㄶ、ㄺ、ㄽ、ㅀ、

ㄾ、ㅄ、ㄲ、ㄻ、ㄿ

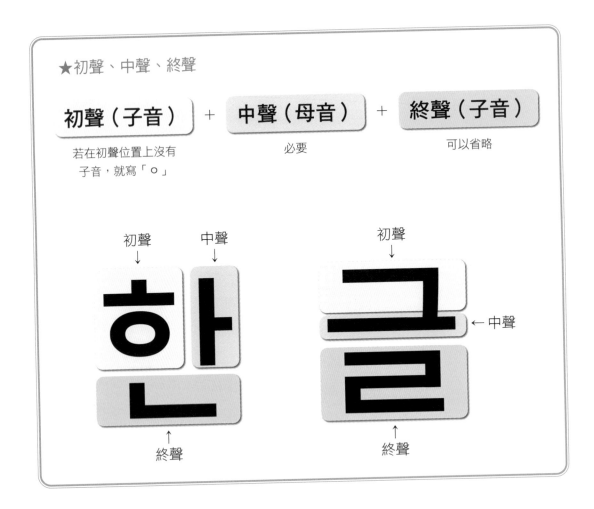

★初聲、中聲、終聲

| 初聲（子音） | + | 中聲（母音） | + | 終聲（子音） |

若在初聲位置上沒有
子音，就寫「ㅇ」

必要

可以省略

初聲
↓
中聲
↓

한

終聲
↑

初聲
↓

글

← 中聲

終聲
↑

▶ （一）7個收尾音（終聲）

　　書寫在母音下方的子音叫做「終聲」，也稱為「收尾音」。大部分的子音都可以
當作終聲，而有些子音在作為終聲的時候，發音會有變化。

　　19個子音中，除了「ㄸ」、「ㅃ」、「ㅉ」這3個雙子音以外，其他16個子音都
可以作為收尾音使用，但有些子音在終聲（以下都稱為收尾音）的位置時，會和自己
原本的發音不一樣，有可能會和其他子音的發音相同，所以收尾音只有下列7個代表
音。收尾音在書寫時，一定要寫在母音下面。

⊞ 七個代表音

大部分的子音，可以當作初聲也可以當作收尾音。但是，收尾音總共就只有七種發音。

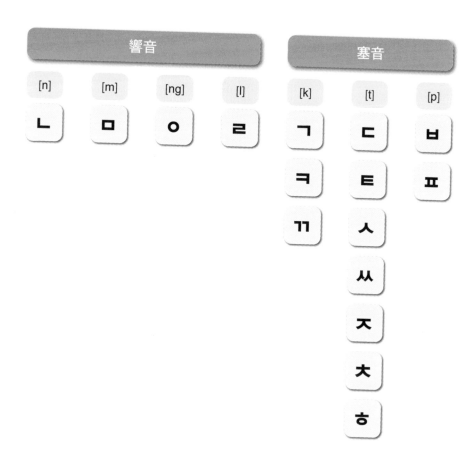

1. 響音：ㄴ、ㅁ、ㅇ、ㄹ 🎵48

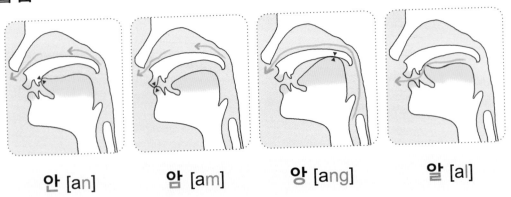

안 [an]　암 [am]　앙 [ang]　알 [al]

「ㄴ」與「ㅁ」不管在初聲或終聲（收尾音）位置，發音都一樣。「ㄴ」發音類似英文「n」，發音時舌尖要往上捲碰到上面牙齒；「ㅁ」發音類似英文「m」，需把嘴巴閉起來發音。「ㅇ」在作初聲時不發音，但當作收尾音時，發音類似英文「ng」，發音時舌頭自然地擺放貼著下顎。而「ㄹ」在作為收尾音時，其發音和英文「l」相似，但是發「ㄹ」音時，舌頭需往上捲，舌尖頂到上顎，和「l」的發音有細微區別。

2. 塞音：ㄱ、ㄷ、ㅂ 🎵49

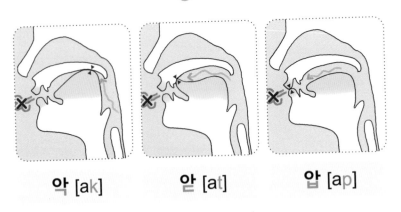

악 [ak]　앋 [at]　압 [ap]

「ㄱ」、「ㄷ」、「ㅂ」作收尾音發音時，空氣會完全被阻塞，聲音無法持續，所以又稱為「塞音」。塞音「ㄱ」、「ㄷ」、「ㅂ」的發音方式，是以該發音部位來塞住口腔氣流。

★發音比較 ♪50

　　韓文「ㄱ」、「ㄷ」、「ㅂ」的發音和英文的「k」、「t」、「p」並不是完全相同的，韓文的「ㄱ」、「ㄷ」、「ㅂ」發音時，需要把空氣完全塞住。請聽聽看以下發音比較其差異：

	[k]		[t]		[p]	
英文	book	cook	cat	cut	cap	cup
韓文	북	쿡	캣[캗]	컷[컫]	캡	컵

▶ **組合練習 I** ◀ 請聽音檔，並試著組合及書寫看看下列的單母音及收尾音。 ♪51

7個代表收尾音＋單母音

母音 收尾音	아 [a]	어 [eo]	오 [o]	우 [u]	으 [eu]	이 [i]	애 [ae / e]	에 [e]
ㄴ [n]	안							엔
ㅁ [m]		엄						엠
ㅇ [ng]			옹					엥
ㄹ [l]				울				엘
ㄱ [k]					윽			엑
ㄷ [t]						읻		엗
ㅂ [p]							앱	엡

第四課

65

7個代表收尾音＋基本音節

基本音節 收尾音		가	나	다	라	마	바	사	아	자	차	카	타	파	하
ㄴ	[n]	간												판	
ㅁ	[m]		남											탐	
ㅇ	[ng]			당								캉			
ㄹ	[l]				랄						찰				
ㄱ	[k]					막				작					
ㄷ	[t]						받		앋						
ㅂ	[p]							삽							합

▶ **練習** ◀ 解答→P.86

⊞ 聽聽看

練習 1 請聽音檔，並選出聽到的發音。 ♪52

___ （1）① 안　　② 암　　　　　___ （2）① 은　　② 응

___ （3）① 악　　② 압　　　　　___ （4）① 입　　② 읻

___ （5）① 란　　② 랑　　　　　___ （6）① 간　　② 강

___ （7）① 님　　② 닝　　　　　___ （8）① 심　　② 십

___ （9）① 반　　② 발　　　　　___ （10）① 변　　② 병

練習 2 **請聽音檔,並選出聽到的單字。** 🎵 53

____（1）（手臂）　①발　　②팔　　③탈

____（2）（眼鏡）　①안경　②앙경　③암경

____（3）（地下鐵）①지아철　②지하절　③지하철

____（4）（書）　　①잭　　②책　　③캑

____（5）（感情）　①감점　②감전　③감정

____（6）（麵包）　①방　　②빵　　③팡

____（7）（老師）　①선생님　②선샌님　③섬생님

____（8）（床）　　①짐대　②침대　③칭대

____（9）（手機）　①핸드폰　②행드폰　③햄드폰

____（10）（食物）①음식　②음싣　③음십

____（11）（韓國）①한국　②항국　③학국

____（12）（家）　①직　　②짇　　③집

⊞ 發音練習

練習 3 **請跟著音檔開口說說看,練習下列發音。** 🎵 54

ㄴ	[n]	우산 雨傘	라면 泡麵	친구 朋友	신문 報紙	대만 台灣
ㅁ	[m]	지금 現在	아침 早餐	점심 午餐	김치 泡菜	서점 書店
ㅇ	[ng]	가방 書包	사랑 愛	공항 機場	영화 電影	빵 麵包
ㄹ	[l]	물 水	말 講話	알다 知道	얼굴 臉	한글 韓文
ㄱ	[k]	대학 大學	학교 學校	치약 牙膏	음식 飲食	한국 韓國
ㄷ	[t]	듣다 聽	걷다 走	묻다 問	웃다 笑	옷 衣服
ㅂ	[p]	밥 飯	집 家	십 十	수업 課	지갑 皮夾

⌗ 寫寫看

練習 ④ 請跟著音檔開口說說看，並練習寫寫看下列單字。 ♩ 55

ㄴ	대만 台灣	친구 朋友	신문 報紙	계란 雞蛋
ㅁ	엄마 媽媽	선생님 老師	이름 名字	사람 人
ㅇ	안녕 你好	은행 銀行	병원 醫院	운동 運動
ㄹ	오늘 今天	지하철 地下鐵	콜라 可樂	일본 日本
ㄱ	학생 學生	책 書	식당 餐廳	한국 韓國
ㄷ	듣다 聽	숟가락 湯匙	옷 衣服	칫솔 牙刷
ㅂ	밥 飯	집 家	잡지 雜誌	직업 職業

收尾音

		가	나	다	라	마	바	사	아	자	차	카	타	파	하
ㄴ	[n]	간	난												
ㅁ	[m]			담	람										
ㅇ	[ng]					망	방								
ㄹ	[l]							살	알						
ㄱ	[k]									작	착				
ㅋ	[k]											칵	탁		
ㄷ	[t]													판	한
ㅌ	[t]											칼	탈		
ㅅ	[t]									잣	찻				
ㅆ	[t]							샀	았						
ㅈ	[t]					맞	밪								
ㅊ	[t]			닻	랓										
ㅎ	[t]	갛	낳												
ㅂ	[p]			답	랍										
ㅍ	[p]					맢	밮								

二個不同的子音偶爾會一起出現在收尾音，這種情況為「複合子音」，但二個子音無法同時發音，有時只有左邊子音發音，有時只有右邊子音發音。

發音的收尾音	子音	代表音	範例
左邊子音	ㄳ	ㄱ [k]	삯 [삭] 租金
	ㄵ	ㄴ [n]	앉다 [안] 坐
	ㄶ	ㄴ [n]	많다 [만] 多的
	ㄼ	ㄹ [l]	여덟 [덜] 八
	ㄽ	ㄹ [l]	외곬 [골] 一味、單方面
	ㅀ	ㄹ [l]	잃다 [일] 遺失
	ㄾ	ㄹ [l]	핥다 [할] 舐
	ㅄ	ㅂ [p]	값 [갑] 價錢
右邊子音	ㄺ	ㄱ [k]	읽다 [익] 讀
	ㄻ	ㅁ [m]	젊다 [점] 年輕的
	ㄿ	ㅂ [p]	읊다 [읍] 朗誦

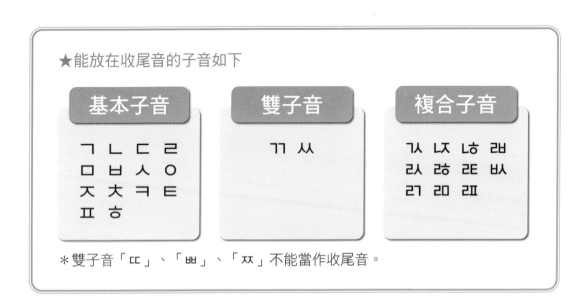

★能放在收尾音的子音如下

基本子音

ㄱ ㄴ ㄷ ㄹ
ㅁ ㅂ ㅅ ㅇ
ㅈ ㅊ ㅋ ㅌ
ㅍ ㅎ

雙子音

ㄲ ㅆ

複合子音

ㄳ ㄵ ㄶ ㄼ
ㄽ ㅀ ㄾ ㅄ
ㄺ ㄻ ㄿ

＊雙子音「ㄸ」、「ㅃ」、「ㅉ」不能當作收尾音。

🎵 56

請跟著音檔開口說說看，透過文章練習發音，複習容易混淆的發音和常用的收尾音吧！

가요.　去。

가게에 가요.　去商店。

친구랑 가게에 가요.　和朋友去商店。

친구는 키가 커요.　朋友個子高。

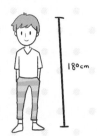

사요.　買。

커피를 사요.　買咖啡。

커피는 싸요.　咖啡很便宜。

빵을 사요.　買麵包。

빵은 비싸요.　麵包很貴。

봐요.　看。

드라마를 봐요.　看電視劇。

또 드라마를 봐요.　又看電視劇。

자주 드라마를 봐요.　常常看電視劇。

가요.　去。

식당에 가요.　去餐廳。

엄마랑 식당에 가요.　和媽媽去餐廳。

김치찌개를 주세요.　請給我泡菜鍋。

김치찌개는 짜요.　泡菜鍋很鹹。

바빠요.　忙。

아빠는 바빠요.　爸爸很忙。

아파요.　痛。

오빠는 아파요.　哥哥很痛。

배가 고파요.　肚子餓。

나는 배가 고파요.　我肚子餓。

포도와 배를 사요.　買葡萄和梨子。

第四課

71

1. 大家一起來唱歌！：아리랑 阿里郎 ♪57

아리랑 아리랑 아라리요　　阿里郎，阿里郎，阿拉里喲

아리랑 고개로 넘어간다　　阿里郎，翻越了山頭

나를 버리고 가시는 님은　　棄我而去的你呀

십리도 못가서 발병난다　　走不到十里路腳就病痛

2. 聽寫 ♪58

請聽音檔，並寫出聽到的單字。

（1）朋友

（2）媽媽

（3）老師

（4）人

（5）名字

（6）你好

（7）水

（8）韓國

（9）飯

（10）家

第五課

發音規則

雖然韓國文字是拼音文字，但有時候書寫的文字會和實際發音不一樣，例如二個音節相連時，讀音也可能發生變化，所以其實韓文的寫法和唸法並不一定相同。而這種發音變化的現象，通常是為了在發音時，讓聲音能順利發聲。中文裡也有類似的例子，像是「不」的讀音，「不是、不要」時唸二聲；「不行、不然」時唸四聲，就是聲音自然表達而有了變調的現象產生。韓語的所有發音規則，也就是依照類似此例的順利發聲原則發音。以下列出五種最常見的發音規則：

▶ （一）連音

當收尾音連接到「ㅇ」開頭的音節，其收尾音會取代後一個音節的初聲「ㅇ」。

> 收尾音＋「ㅇ」開頭的音節 → 收尾音會變成後一個音節的初聲

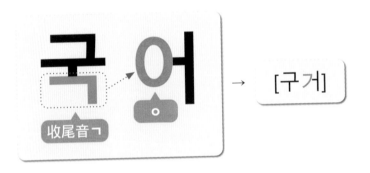

♪ 59

국어 → 구＋ㄱ＋어 → [구거] 國語

음악 → 으＋ㅁ＋악 → [으막] 音樂

밖에 → 바＋ㄲ＋에 → [바께] 在外面

읽어요 → 일＋ㄱ＋어요 → [일거요] 讀

발음 → 바＋ㄹ＋음→ [바름] 發音

책이 → 채＋ㄱ＋이 → [채기] 書

있어요 → 이＋ㅆ＋어요 → [이써요] 有

앉아요 → 안＋ㅈ＋아요 → [안자요] 坐

＊注意！括號裡面寫的只是實際的發音，書寫時還是一定要按照正確的寫法書寫，不能寫讀音。

請聽音檔,並寫出句子實際的發音。

1. 저는 대만 사람이에요. 我是臺灣人。

   [_____]

2. 선생님은 한국 사람이에요. 老師是韓國人。

   [_____]

3. 대만에서 한국어를 배워요. 在臺灣學韓語。

   [_____]

4. 한국어는 재미있어요. 韓語很有趣。

   [_____]

5. 이전에 서울에 갔어요. 以前去了首爾。

   [_____]

6. 서울에서 놀았어요. 在首爾玩。

   [_____]

7. 다시 가고 싶어요. 想再去。

   [_____]

8. 앉으세요. 請坐。

   [_____]

發音為
한구거喔!

第五課

75

當收尾音「ㄱ / ㄷ / ㅂ」遇到後一個音節的初聲為「ㄱ / ㄷ / ㅂ / ㅅ / ㅈ」時，後一個音節初聲的發音會變成「ㄲ / ㄸ / ㅃ / ㅆ / ㅉ」。

收尾音「ㄱ/ㄷ/ㅂ」+「ㄱ/ㄷ/ㅂ/ㅅ/ㅈ」→ 收尾音「ㄱ/ㄷ/ㅂ」+「ㄲ/ㄸ/ㅃ/ㅆ/ㅉ」

$$
\begin{array}{ccc}
 & ㄱ \longrightarrow ㄲ \\
ㄱ & ㄷ \longrightarrow ㄸ \\
ㄷ \ + & ㅂ \longrightarrow ㅃ \\
ㅂ & ㅅ \longrightarrow ㅆ \\
 & ㅈ \longrightarrow ㅉ
\end{array}
$$

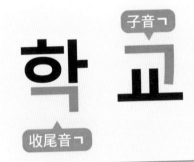 子音ㄱ／收尾音ㄱ

 → [학꾜]

 子音ㄷ／收尾音ㄱ → [식땅]

🎵61

학교 → ㄱ＋ㄱ → ㄱ＋ㄲ：[학꾜] 學校
학생 → ㄱ＋ㅅ → ㄱ＋ㅆ：[학쌩] 學生
입국 → ㅂ＋ㄱ → ㅂ＋ㄲ：[입꾹] 入境

식당 → ㄱ＋ㄷ → ㄱ＋ㄸ：[식땅] 餐廳
듣다 → ㄷ＋ㄷ → ㄷ＋ㄸ：[듣따] 聽
잡지 → ㅂ＋ㅈ → ㅂ＋ㅉ：[잡찌] 雜誌

▶ （三）激音化

當收尾音「ㄱ／ㄷ／ㅂ／ㅈ」遇到後一個音節的初聲為「ㅎ」，或是收尾音「ㅎ」遇到後一個音節的初聲為「ㄱ／ㄷ／ㅂ／ㅈ」時，「ㄱ／ㄷ／ㅂ／ㅈ」會受到「ㅎ」的影響，發音會變成「ㅋ／ㅌ／ㅍ／ㅊ」。

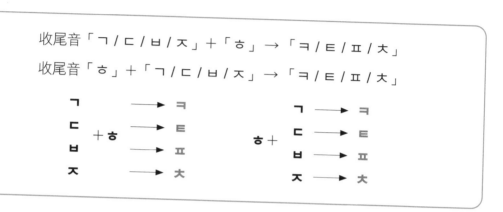

收尾音「ㄱ／ㄷ／ㅂ／ㅈ」＋「ㅎ」→「ㅋ／ㅌ／ㅍ／ㅊ」

收尾音「ㅎ」＋「ㄱ／ㄷ／ㅂ／ㅈ」→「ㅋ／ㅌ／ㅍ／ㅊ」

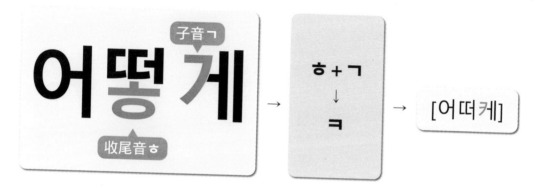

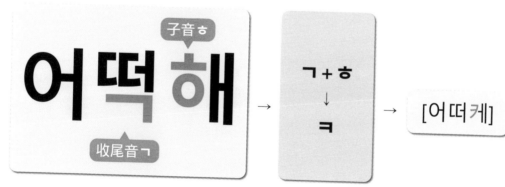

🎵 62

어떻게 → [어떠케] 怎麼

어떡해 → [어떠케] 怎麼辦

백화점 → [배콰점] 百貨公司

좋다 → [조타] 好

축하 → [추카] 恭喜

입학 → [이팍] 入學

（四）鼻音化

當收尾音「ㄱ／ㄷ／ㅂ」遇到後一個音節的初聲為「ㄴ」或「ㅁ」時，前一個音節的收尾音「ㄱ／ㄷ／ㅂ」發音會變成「ㄱ→ㅇ」、「ㄷ→ㄴ」、「ㅂ→ㅁ」。

收尾音「ㄱ／ㄷ／ㅂ」＋「ㄴ、ㅁ」→ 收尾音「ㅇ／ㄴ／ㅁ」＋「ㄴ、ㅁ」

ㄱ ㄷ ㅂ ＋ ㄴ／ㅁ

↓ ↓ ↓

ㅇ ㄴ ㅁ

🎵 63

국민 → ㄱ＋ㅁ → ㅇ＋ㅁ ：[궁민] 國民

작년 → ㄱ＋ㄴ → ㅇ＋ㄴ ：[장년] 去年

잇몸 → ㄷ＋ㅁ → ㄴ＋ㅁ ：[인몸] 牙齦

입문 → ㅂ＋ㅁ → ㅁ＋ㅁ ：[임문] 入門

（감사）합니다 → ㅂ＋ㄴ → ㅁ＋ㄴ ：감사 [함니다] 謝謝

（미안）합니다 → ㅂ＋ㄴ → ㅁ＋ㄴ ：미안 [함니다] 對不起

▶（五）ㅎ發音

1. ㅎ脫落

當收尾音「ㅎ」遇到後一個音節的初聲為「ㅇ」時,「ㅎ」會脫落。

「(ㅎ)」+「ㅇ」開頭的音節

→ [조아요]

♪ 64

좋아요 → 조＋ㅎ＋아요→ [조아요] 好   많아요 → 만＋ㅎ＋아요→ [마나요] 多

2. ㅎ音弱音化

當收尾音「ㄴ / ㄹ / ㅁ / ㅇ」遇到後一個音節的初聲為「ㅎ」時,「ㅎ」音會弱化,幾乎變成「ㅇ」的發音,所以有時候聽起來會像是連音。

「ㄴ / ㄹ / ㅁ / ㅇ」+「ㅎ」

♪ 65

은행 → [으냉, 은행] 銀行   전화 → [저놔, 전화] 電話

올해 → [오래, 올해] 今年   영화 → [영와, 영화] 電影

⌘ 大家一起來唱歌！：곰 세 마리 三隻熊（韓國兒歌）♪66

곰 세 마리가 한 집에 있어   三隻熊住在一個家

[곰 세 마리가 한 지베 이써]

아빠곰 엄마곰 애기곰   熊爸爸、熊媽媽、熊寶寶

[아빠곰 엄마곰 애기곰]

아빠곰은 뚱뚱해   熊爸爸胖胖的

[아빠고믄 뚱뚱애]

엄마곰은 날씬해   熊媽媽卻苗條

[엄마고믄 날씨내]

애기곰은 너무 귀여워   熊寶寶好可愛

[애기고믄 너무 귀여워]

으쓱으쓱 잘 한다   聳肩聳肩做得好

[으쓱으쓱 자란다]

★發音規則補充

· 連音：집에[지베]、있어[이써]、곰은[고믄]

· ㅎ音弱音化：뚱뚱해[뚱뚱애]、날씬해[날씨내]、잘한다[자란다]

附錄

⌗ 韓文母音與子音總覽 ： 40個字母

單母音	ㅏ	ㅓ	ㅗ	ㅜ	ㅡ	ㅣ	ㅐ	ㅔ
	[a]	[eo]	[o]	[u]	[eu]	[i]	[ae]	[e]
	ㄚ	ㄜ	ㄛ	ㄨ		一	ㄝ	ㄝ
複合母音	ㅑ	ㅕ	ㅛ	ㅠ			ㅒ	ㅖ
	[ya]	[yeo]	[yo]	[yu]			[yae]	[ye]
	一ㄚ	一ㄜ	一ㄡ	一ㄨ			一ㄝ	一ㄝ
	ㅘ	ㅝ	ㅙ	ㅞ	ㅚ	ㅟ	ㅢ	
	[wa]	[wo]	[wae]	[we]	[oe]	[wi]	[ui]	
	ㄨㄚ	ㄨㄜ	ㄨㄝ	ㄨㄝ	ㄨㄝ	ㄩ		
平音		ㄴ	ㄹ	ㅁ			ㅇ	
		[n]	[r / l]	[m]			[Ø / ng]	
		ㄋ	ㄌ	ㄇ				
	ㄱ	ㄷ		ㅂ	ㅅ	ㅈ	ㅎ	
	[g / k]	[d / t]		[b / p]	[s]	[j]	[h]	
	ㄍ	ㄉ		ㄅ	ㄙ/ㄒ	ㄐ	ㄏ	
激音	ㅋ	ㅌ		ㅍ		ㅊ		
	[k]	[t]		[p]		[ch]		
	ㄎ	ㄊ		ㄆ		ㄑ		
硬音	ㄲ	ㄸ		ㅃ	ㅆ	ㅉ		
	[kk]	[tt]		[pp]	[ss]	[jj]		
	ㄍˋ	ㄉˋ		ㄅˋ	ㄙˋ	ㄗˋ		

＊不同的語言，發音當然不盡相同，本表所列出的注音符號及羅馬字表記法，與韓文
　並不是完全相同的，只是用類似的發音輔助説明及幫助學習記憶。

以下字母順序按「한글 맞춤법」（韓文標準拼寫法）排列：

⌘ 母音（基本母音＋複合母音）共**21**個

基本母音10個

ㅏ、ㅑ、ㅓ、ㅕ、ㅗ、ㅛ、ㅜ、ㅠ、ㅡ、ㅣ

複合母音 11個

ㅐ、ㅒ、ㅔ、ㅖ、ㅘ、ㅙ、ㅚ、ㅝ、ㅞ、ㅟ、ㅢ

21個母音順序

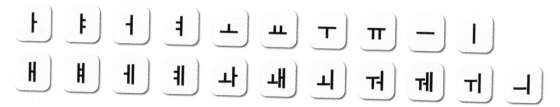

⌘ 子音（基本子音＋雙子音）共**19**個

基本子音 14個

ㄱ、ㄴ、ㄷ、ㄹ、ㅁ、ㅂ、ㅅ、ㅇ、ㅈ、ㅊ、ㅋ、ㅌ、ㅍ、ㅎ

雙子音 5個

ㄲ、ㄸ、ㅃ、ㅆ、ㅉ

19個子音順序

⌘ 第一課　單母音與平音（基本子音）　解答

（一）單母音

聽聽看 P.21

練習① 請聽音檔，並選出聽到的發音。

（1）① 아	（2）① 오	（3）② 이	（4）① 어
（5）② 우	（6）② 애	（7）② 으	（8）① 에

練習② 請聽音檔，並選出聽到的發音。

（1）② 어우	（2）② 으이	（3）② 이에	（4）① 오어
（5）② 우애	（6）② 아우	（7）① 오이	（8）② 우어

（二）平音（基本子音）

聽聽看 P.29

練習① 請聽音檔，並選出聽到的發音。

（1）① 고	（2）① 너	（3）① 다	（4）① 로
（5）② 부	（6）② 래	（7）① 시	（8）② 서
（9）② 버	（10）① 호	（11）① 조	（12）① 새

練習② 請聽音檔，並選出聽到的單字。

（1）① 고기	（2）③ 지도	（3）③ 어머니	（4）① 가수
（5）③ 구두	（6）① 머리	（7）② 모자	（8）① 다리
（9）② 비누	（10）② 부모	（11）② 노래	（12）② 오후

課堂活動

2. 聽寫 P.31

（1）어머니	（2）아버지	（3）부모	（4）가수
（5）지도	（6）하루		

🎴 第二課　複合母音ㅣ與激音（送氣音）　解答

（一）複合母音ㅣ

聽聽看 P.36

練習 1 請聽音檔，並選出聽到的發音。

（1）② 야　　　　　（2）② 여　　　　　（3）② 요　　　　　（4）① 우

（5）② 예　　　　　（6）② 유　　　　　（7）② 얘　　　　　（8）② 여

練習 2 請聽音檔，並選出聽到的單字。

（1）② 요구　　　　（2）② 여우　　　　（3）① 여가　　　　（4）① 여기

（5）② 유리　　　　（6）② 애기

（二）激音（送氣音）

聽聽看 P.41～42

練習 1 請聽音檔，並選出聽到的發音。

（1）② 카　　　　　（2）② 초　　　　　（3）② 파　　　　　（4）① 도

（5）② 커　　　　　（6）② 치

練習 2 請聽音檔，並選出聽到的單字。

（1）② 커피　　　　（2）③ 기차　　　　（3）② 주차　　　　（4）① 파티

（5）② 치마　　　　（6）① 두부　　　　（7）② 케이크　　　（8）③ 아이스티

課堂活動

2. 聽寫 P.44

（1）커피　　　　　（2）여자　　　　　（3）스타　　　　　（4）주차

（5）요리　　　　　（6）우표　　　　　（7）포도　　　　　（8）두부

⌘ 第三課　複合母音 II 與硬音（雙子音）　解答

（一）複合母音 II

聽聽看 P.49

練習1 請聽音檔，並選出聽到的發音。

（1）② 왜　（2）① 우에　（3）② 와　（4）① 우어

（5）① 의　（6）① 왜　（7）① 웨　（8）② 워

練習2 請聽音檔，並選出聽到的單字。

（1）① 도와요　（2）② 과자　（3）② 왜와요　（4）① 쥐

（5）② 교외　（6）② 의사

（二）硬音（雙子音）

聽聽看 P.55～56

練習1 請聽音檔，並選出聽到的發音。

（1）① 꺼　（2）② 디　（3）① 빠　（4）② 싸

（5）② 자　（6）① 찌　（7）② 파　（8）① 또

練習2 請聽音檔，並選出聽到的單字。

（1）③ 토끼　（2）② 꼬마　（3）① 또　（4）② 코끼리

（5）② 오빠　（6）① 바빠요　（7）② 아저씨　（8）③ 차요

⌘ 第四課　收尾音　解答

（一）7個收尾音（終聲）

聽聽看 P.66～67

練習1 請聽音檔，並選出聽到的發音。

（1）① 안　（2）② 응　（3）① 악　（4）① 입

（5）② 랑　（6）① 간　（7）① 님　（8）② 십

（9）② 발　（10）② 병

練習 2 請聽音檔，並選出聽到的單字。

（1）② 팔 　　　（2）① 안경 　　　（3）③ 지하철 　　　（4）② 책

（5）③ 감정 　　　（6）② 빵 　　　（7）① 선생님 　　　（8）② 침대

（9）① 핸드폰 　　（10）① 음식 　　　（11）① 한국 　　　（12）③ 집

課堂活動

2. 聽寫 P.72

（1）친구 　　　（2）엄마 　　　（3）선생님 　　　（4）사람

（5）이름 　　　（6）안녕 　　　（7）물 　　　（8）한국

（9）밥 　　　（10）집

⌗ 第五課　發音規則　解答

（一）連音

發音練習 P.75

1. 저는 대만 사라미에요.

2. 선생니믄 한국 사라미에요.

3. 대마네서 한구거를 배워요.

4. 한국거는 재미이써요.

5. 이저네 서우레 가써요.

6. 서우레서 노라써요.

7. 다시 가고 시퍼요.

8. 안즈세요.

國家圖書館出版品預行編目資料

有趣的韓語發音 新版 / 金家絃著
-- 修訂初版 -- 臺北市：瑞蘭國際, 2023.11
96面；19×26公分 --（外語學習系列；124）
ISBN：978-626-7274-72-9（平裝）
1. CST：韓語 2. CST：發音

803.24　　　　　　　　　　　　　112018832

外語學習系列 **124**

有趣的韓語發音 新版

作者｜金家絃
責任編輯｜潘治婷、王愿琦
校對｜金家絃、潘治婷、王愿琦

韓語錄音｜金家絃、王詩澐
錄音室｜采漾錄音製作有限公司
封面設計、內文排版｜陳如琪、余佳憓
版型設計｜余佳憓
美術插畫｜Syuan Ho
嘴型圖及口腔圖｜吳晨華

瑞蘭國際出版
董事長｜張暖彗・社長兼總編輯｜王愿琦
編輯部
副總編輯｜葉仲芸・主編｜潘治婷
設計部主任｜陳如琪
業務部
經理｜楊米琪・主任｜林湲洵・組長｜張毓庭

出版社｜瑞蘭國際有限公司・地址｜台北市大安區安和路一段104號7樓之一
電話｜(02)2700-4625・傳真｜(02)2700-4622・訂購專線｜(02)2700-4625
劃撥帳號｜19914152 瑞蘭國際有限公司
瑞蘭國際網路書城｜www.genki-japan.com.tw

法律顧問｜海灣國際法律事務所　呂錦峯律師

總經銷｜聯合發行股份有限公司・電話｜(02)2917-8022、2917-8042
傳真｜(02)2915-6275、2915-7212・印刷｜科億印刷股份有限公司
出版日期｜2023年11月初版1刷・定價｜250元・ISBN｜978-626-7274-72-9

瑞蘭國際

瑞蘭國際